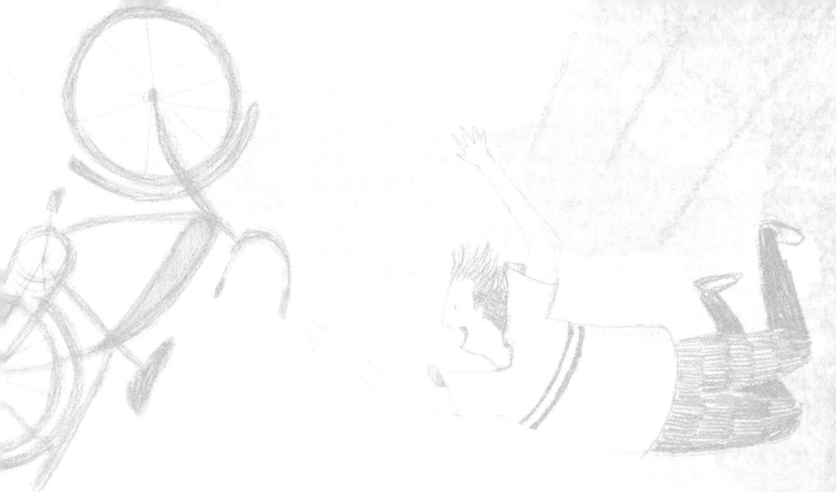

AVENTURAS DE KAMO: IV

DANIEL PENNAC

A FUGA DE KAMO

TRADUÇÃO
LUCIANO VIEIRA MACHADO
ILUSTRAÇÕES
VALENTINA FRAIZ

Dados Internacionais de Catalogação na Publicação (CIP)
(Câmara Brasileira do Livro, SP, Brasil)

Pennac, Daniel
   A fuga de Kamo / Daniel Pennac; ilustrações [Valentina Fraiz]; tradução Luciano Vieira Machado. — 1. ed. — São Paulo: Editora Melhoramentos, 2018. (Aventuras de Kamo, v.4)

   Título original: L'Évasion de Kamo.
   ISBN 978-85-06-08320-8

   1. Ficção — Literatura juvenil I. Fraiz, Valentina. II. Título.

18-13327   CDD-028.5

Índice para catálogo sistemático:
1. Ficção: Literatura juvenil 028.5

Iolanda Rodrigues Biode — Bibliotecária — CRB-8/10014

Obra conforme o Acordo Ortográfico da Língua Portuguesa

L'Évasion de Kamo © Gallimard Jeneusse, 2015

Tradução: Luciano Vieira Machado
Ilustrações: Valentina Fraiz
Projeto gráfico e ilustrações: Adriana Campos, dorotéia design

Direitos de publicação:
© 2018 Editora Melhoramentos Ltda. Todos os direitos reservados

1.ª edição, abril de 2018
ISBN: 978-85-06-08320-8

Atendimento ao consumidor:
Caixa Postal 11541
CEP 05049-970, São Paulo – SP – Brasil
Tel.: (11) 3874-0880
www.editoramelhoramentos.com.br
sac@melhoramentos.com.br

Impresso no Brasil

A SARAH-MARIE.

A BICICLETA HEROICA

— Não vou subir aí de jeito nenhum – disse Kamo.

Ele mantinha a bicicleta a distância com as pontas dos dedos, com uma cara de nojo, como se ela estivesse coberta de melado.

— Ah, não? Mas por quê?

Kamo me olhou rapidamente, hesitou um segundo e respondeu:

— Porque não.

— Você não sabe andar de bicicleta?

Ele deu um sorriso de desprezo:

— Tem um monte de coisas que não sei fazer. Eu não sabia nenhuma palavra de inglês no ano passado, lembra-se? E aprendi em três meses. Agora, essa coisa de bicicleta...

— Pois, então, você vai aprender em duas horas.

— Não, não vou aprender.

— Por quê?

— Isso é problema meu.

Paciência. Eu conhecia meu amigo Kamo, não era uma boa ocasião para irritá-lo.

— Kamo, Pope consertou essa bicicleta especialmente para você.

Ele franziu o cenho.

— Sinto muito.

— Uma bicicleta histórica, Kamo. Ela participou da Resistência. Ela escapou de uma emboscada dos alemães. Olhe aqui.

Com um joelho apoiado no chão, eu lhe mostrei duas marcas de bala. Uma havia perfurado o quadro (exatamente entre a barriga da perna e a coxa de vovô, que nunca havia pedalado tão rápido em toda a sua vida) e a outra tinha atravessado o para-lama traseiro (vovô já tinha passado pelo fogo da metralha...). Meu pai, Pope, não quis consertar os estragos. Ele achava que Kamo iria gostar daqueles traços heroicos.

— Francamente, sinto muito por seu pai, mas não vou subir nesta bicicleta.

— Você prefere a minha?

Sim, talvez a minha fosse mais fácil para um iniciante, novinha em folha, leve como uma gazela, relação de máximo rendimento entre o pedal e a roda dentada.

— Não vou subir em nenhuma bicicleta, nem na sua nem em nenhuma outra, só isso.

— Você fez uma promessa ou o quê? Mais de um bilhão de chineses andam de bicicleta. Por que não, você? Quer dar uma de diferente mais uma vez?

Eu estava começando a me irritar. Pope, meu pai, tinha passado horas consertando aquela bicicleta especialmente para Kamo. Uma esplêndida máquina checoslovaca de antes da guerra, com freios automáticos e para-lamas cromados, feito os para-choques de Buick®. Uma verdadeira maravilha... Com a maior calma possível, expliquei:

— Kamo, aqui em Vercors, na primavera, nossa única distração, minha, de Pope e de Moune, são os passeios de bicicleta, entende? Passamos dias inteiros fora. Fazemos piqueniques. É o divertimento da família desde que eu era bem pequeno, e gosto muito disso.

Apesar de meu esforço para falar com calma, meu tom de voz trazia uma certa raiva, porque ele largou a bicicleta e voltou-se para mim com o dedo em riste:

— Escute aqui, não sou mais criança e não estou fazendo birra. Não sei explicar por que nunca vou subir numa bicicleta, só isso. E não quero incomodar ninguém. Podem ir passear os três, como de costume. Vou ficar esperando por aqui e preparar o jantar para vocês.

Ele chegou a dar um sorriso.

— Não se preocupe, tá? Você me conhece, eu nunca fico entediado...

E foi exatamente assim que as coisas aconteceram. Pelo menos na primeira semana. Pope, Moune, minha mãe, e eu (eles, em sua bicicleta dupla; eu, na minha bike) andávamos por colinas e vales, redescobríamos as pequenas fontes cobertas de musgo que sempre encontrávamos em nossas férias e voltávamos para casa à noite, moídos e exaustos, como a gente da cidade que se aventura na montanha. A casa cheirava a purê de batata gratinado, a sopa de repolho, a frango ao molho de lagostim... A casa cheirava a cozinha de Kamo.

— Esse garoto é um verdadeiro chefe de cozinha – dizia Pope.

— Isso não é grande coisa – respondia Kamo. – Quando jovem, meu pai trabalhou como cozinheiro no Exército.

Às vezes, a casa tinha cheiro de gesso fresco ou de tinta.

— Hoje trabalhei no sótão – anunciou Kamo. – Havia goteiras no teto.

— Seu pai também trabalhava em construção? – perguntou meu pai.

— Meu pai sabia fazer tudo.

O pai dele tinha morrido alguns anos antes. Morreu no hospital, depois de soltar um último gracejo.

— Até isso ele soube fazer – murmurou Kamo. – Ele soube morrer.

Um carteadinho ou palavras cruzadas de tabuleiro (Pope perdia muito e Moune ganhava quase sempre) sempre aconteciam depois do jantar. Kamo e eu só nos encontrávamos quando a casa estava mergulhada em silêncio, altas horas da noite, em nosso quarto. Logo os travesseiros começavam a voar. Kamo tinha vantagem de ser mais forte, mas eu era rápido. O mais importante na guerra de travesseiros é saber esquivar-se: atrair o adversário como se fosse uma presa fácil, escapar e dar o golpe. A cabeça de Kamo zumbia feito um tambor e vibrava como um saco de pancadas; o corpo balançava sobre joelhos amolecidos. Mas, no momento em que eu me preparava para acabar com ele, como uma mola, meu amigo se distendia como uma mola e seu travesseiro me atingia o queixo, atirando-me do outro lado do quarto. Trocar pancadas era nossa maneira de adormecer.

    Nós também conversávamos. Nada melhor do que conversar com as lâmpadas apagadas. Uma noite (uma das primeiras daquelas férias), a voz de Kamo se elevou na escuridão do quarto.

    — Ela não devia ter feito isso comigo – disse ele.

("Ela" quem? E feito o quê?) Como se tivesse adivinhado minhas perguntas, Kamo explicou.

    — Minha mãe, ela não devia ter ido para lá sem mim.

    Ah, bom! Era por isso que ele estava passando as férias da Páscoa conosco. A mãe dele se lançara a uma imensa viagem. Primeiro a Grécia, depois os Bálcãs de ponta a ponta, em seguida a Rússia, em busca de seus ancestrais. "Preciso encontrar as minhas origens." Foi isso que ela explicou ao filho. E ela confiou Kamo aos meus pais. Por alguns meses.

    — Suas "origens", como ela diz, também são minhas raízes, não? Ela poderia ter me levado!

    A origem da mãe de Kamo estava em toda parte. Na Grécia, por parte de sua avó; na Geórgia, por parte de seu avô; na Alemanha, por parte de seu pai (um barbeiro judeu que se casara com a filha do georgiano e da grega e que, na década de 1930, teve de fugir das perseguições do "pirado com bigode suástico", como dizia Kamo). Originária de tantos lugares, ela própria naturalizada francesa, a mãe de Kamo falava um monte de línguas, mas sentia como se não pertencesse a nenhum lugar. Ou antes, como explicava Kamo, ela mudava de nacionalidade como quem muda de humor, à menor mudança de vento, e levava isso a sério.

— Sem brincadeira: ela vai dormir francesa e acorda russa!

Resultado: quando se sentia um pouco alemã demais, um pouco judia demais, um pouco grega demais, a mãe de Kamo partia em busca de seus ancestrais, rumo a um de seus inúmeros países de origem. Se a viagem era curta e coincidia com um período de férias escolares, ela levava Kamo. Caso contrário, ela o deixava para trás, e ele ficava furioso.

— Afinal, o avô russo e a avó grega são meus bisavós...

— Mas tem a escola, Kamo, e sua mãe vai ficar três meses fora.

— Que se dane a escola! E os Bálcãs e a Rússia não são uma bela escola?

Em suma, a situação estava neste pé: Pope, Moune e eu em nossas máquinas de duas rodas, Kamo dando uma de cozinheiro em casa.

Apesar disso, aquela história de bike me exasperava. Pelo que eu me lembrava (eu conhecia Kamo desde a cre-

che), ele não tinha medo de nada. Será que tinha medo de montar numa bicicleta?

— Isso se chama fobia – explicou-me Pope.

— Fobia?

— Uma fobia. Um medo irracional. Um sujeito é capaz de tudo, de entrar pelado numa cova de leões, escalar o Everest com as mãos, discutir uma noite inteira com o fantasma de seu preceptor, mas aí você lhe mostra uma aranhinha, e ele desmaia. Eis o que é uma fobia. Seu amigo Kamo tem fobia de bicicleta, só isso.

— E você, Pope, você tem fobias?

— Eu nunca tive a menor fobia; sou o superPope!

— Supermentiroso – interveio Moune rindo. – Pope, você tinha fobia do Crastaing, o professor de francês, quando estava no sexto ano, lembra-se?

Lá pelo fim da primeira semana, fui acordado por trovões capazes de fazer os cães se enfiarem na terra. Clarões intermitentes vez por outra recortavam a silhueta dos postigos fechados de meu quarto. A casa estava imersa numa tempestade. Ao lado de minha cama, a de Kamo estava vazia. A princípio pensei que ele tinha ido à cozinha tomar água, e voltei a dormir. Mas quando acordei pela segunda vez, Kamo ainda não tinha voltado. Preocupação, roupão e pantufas. A tempestade continuava a nos sacudir. Enquanto descia a escada de madeira, tive a sensação de entrar numa grande caixa tocada por um baterista louco. Na cozinha, nada de Kamo. Nem em nenhum outro lugar da casa, que se iluminava e escurecia no ritmo de um baterista maluco. Abri a porta de entrada.

Levei o maior banho. Fiquei encharcado da cabeça aos pés em um segundo.

— Kamo! Desgraçado!

Avancei sem enxergar nada, punhos estendidos, achando que Kamo tinha me pregado a peça do balde d'água. Mas não foi Kamo. Foi a chuva. Uma chuva intensa e glacial; jogada contra a casa por um vento de derrubar paredes. E lá estava eu sacudindo os braços em meio à tempestade, gotejando feito um pano de chão – e então eu o vi.

Do outro lado do pátio, sob o galpão de madeira, Kamo estava agachado, parecendo, em sua imobilidade, o velho cepo sobre o qual Pope cortava lenha. Relâmpagos riscavam o céu noturno. E, diante de Kamo, a cada explosão de luz, reluziam os para-lamas da bicicleta checoslovaca.

— Kamo!

Ele se voltou. Seu rosto estava todo molhado. Tinha-se a impressão de que eram lágrimas.

— Venha, você vai morrer!

Ele não ofereceu a menor resistência, me seguiu até o banheiro, onde nos enxugamos e voltamos para as nossas camas.

Agora estávamos calados. Kamo olhava fixamente para o teto do quarto como, havia pouco, estivera olhando para a bicicleta. Terminei por murmurar:

— Ela lhe dá um medo desgraçado, não é?

A princípio ele não respondeu. Depois de um bom tempo, disse:

— Não.

A tempestade passara. Luar. A casa se iluminava em silêncio.

— Não, ela me dá um medo que anuncia desgraça, é diferente.

Silêncio novamente. Depois:

— Ela é triste, você não acha?

Não, eu não achava. Eu não entendia como uma bicicleta podia ser triste.

Kamo acrescentou:

— Ela é triste como um amor perdido...

Quando por fim resolvi lhe perguntar o que queria dizer, era tarde demais; Kamo adormecera. E nem todas as tempestades do mundo poderiam acordá-lo.

KAMO E MÉLISSI

O milagre aconteceu quando nossas férias estavam chegando ao fim. Enfim, o milagre... Digamos, o acontecimento mais inesperado desta parte do mundo. Pope, Moune e eu estávamos fazendo um piquenique no vale de Loscence. Não era longe de casa. Kamo, se quisesse, poderia ir ao nosso encontro a pé.

— Se eu tiver tempo, vou terminar de consertar o teto do sótão.

— Quando você tiver terminado o trabalho no sótão – disse Pope, sorrindo –, desça ao porão: lá eu descobri algumas rachaduras, e quando você tiver dado um jeito na casa toda, siga em frente, procure reformar o mundo, que ele também está precisando de conserto!

— Meu bisavô, o russo, uma vez tentou reformá-lo – respondeu Kamo com toda a seriedade.

E acrescentou:

— Mas a coisa não deu muito certo...

Mais tarde, enquanto mastigava alguma coisa, Pope comentou com ar pensativo:

— Esse menino é incrível, ele sabe fazer qualquer coisa!

— Isso desde que ele mora só com a mãe – explicou Moune.

Bem, já terminávamos de almoçar, e lá estávamos nós, sobre a relva amarela, a comentar com admiração os talentos de Kamo. Pope tinha aberto a garrafa térmica, e o cheirinho do nosso café estava impregnando o Vercors quando Mone exclamou:

— Olhem lá!

Nossos olhares seguiram seu dedo apontado, e vimos, lá longe, um ciclista que saíra do caminho e descia velozmente em nossa direção. Ele gingava entre os rochedos, saltava as saliências do terreno como um cavalo de rodeio. Os para-lamas de sua bicicleta davam sinal de si toda vez que refletiam a luz do Sol.

— Diabos – murmurou Pope – ele vai se...

Mas a bicicleta se mantinha sempre de pé sobre a relva, ziguezagueando, tornando a saltar e aterrissar, tudo isso em meio ao rangido das molas e aos gemidos do selim, ao tilintar da campainha e aos berros de Kamo, que, quando chegou perto de nós, se pôs a gritar:

— Ela telefonou! Ela telefonou!

Aquela bicicleta preta de crina brilhante era um verdadeiro cavalo selvagem e louco tentando jogar seu cowboy na Lua!

— Atenção! – gritou Pope se levantando do chão – Freie!

E Pope se pôs a gesticular como um daqueles caras de bonés fosforescentes, nos porta-aviões, quando o avião dá a impressão de que vai cair sobre o navio.

— Pare!

Moune e eu bracejávamos como Pope. Kamo deve ter entendido isso com sendo aplausos porque, em vez de diminuir a velocidade, soltou o guidão e, na mais alta velocidade, fez os gestos de um vencedor diante da multidão em delírio. A bicicleta checoslovaca deu um último salto... e, em vez de cair de volta ao chão, foi se chocar contra uma barreira de arame farpado que todos nós tínhamos visto, mas que o último montículo de ervas daninhas impedira Kamo de ver. E Kamo continuou sua montaria, braços abertos no espaço, como alguém que finalmente tivesse conseguido descobrir o truque dos pássaros. Só que ele não era exatamente um pássaro. Era um adolescente meio atarracado que já pesava um bocado e que foi se esborrachar pesadamente sobre os restos de nosso piquenique. Gritos, precipitação, três cabeças inclinadas, seis mãos estendidas, mas Kamo abre os olhos e repete, com um sorriso angelical:

— Ela telefonou.

A mãe dele telefonara de Gori, província de Tbilisi, Geórgia, ex-URSS.

— Eu estava lá em cima, repintando a calha, e disse comigo mesmo que já era hora de ir preparar o guisado de lebre para esta noite. Bom, desço até a cozinha para preparar o guisado, e o que é que vejo, pregado na porta, enquanto despelo a lebre? Um aviso do correio. Aviso de chamada telefônica. Para mim! Verifico a hora: 13 horas e 45 minutos. O lugar: a agência do correio de La Chapelle-en-Vercors. Só me restavam dez minutos. Impossível ir a pé, eu não poderia chegar a tempo. Minha primeira ideia foi pegar o carro de seu pai. Pedais, mudanças de marcha, volante, essa coisa não deve ser muito complicada... Mas eu não achei as chaves e não tinha tempo de procurar. Foi então que eu pensei na bicicleta. Não seria uma mera bicicleta que iria me impedir de atender à chamada telefônica. Enquanto eu pedalava para a agência dos correios de La Chapelle, lembrei-me de uma história que o grandalhão Lanthier nos contou no ano passado. Sabe, a história do tio dele… (Lanthier sempre tem um monte de tios, de primos, ou de colegas de primos que fizeram coisas incríveis), aquele tio que procurava borboletas raríssimas na floresta amazônica e, tum!, leva uma picada de uma serpente – uma dessas supervenenosas que dão cabo de um sujeito em menos de um minuto. O tio pega rápido o estojo de primeiros socorros, tira o antídoto que carregava sempre junto dele e mais que depressa começa a ler o modo de usar. Sem chance: o texto estava escrito em português, e o pobre tio não falava uma palavra de português! Mas, então, "milagre!", disse o Lanthier. Não é que o tio entende o que está escrito como se, de repente, o conhecimento da língua tivesse ido parar na cabeça dele? Então ele aplica a injeção, salva-se, e, ainda segundo o Lanthier, o tio até hoje fala português fluentemente, como se fosse sua língua materna! Ficamos muito irritados quando ele nos contou isso, lembra-se? Pois bem, estávamos enganados. Foi isso que pensei comigo mesmo quando estava correndo de bicicleta em direção a La Chapelle: porque era exatamente como se eu tivesse pedalado minha vida inteira!

Sim, a mãe de Kamo tinha telefonado de Gori, província de Tbilisi.

— Foi lá que o avô dela nasceu, em Gori.
— Quer dizer, seu bisavô?

— Sim, meu bisavô. Ele se chamava Semion Archakovith Ter Petrossian.

Silêncio em nosso quarto.

— Mas o chamavam por outro nome – disse Kamo.

Era a boa hora da noite, a hora das confidências que não acabavam mais.

— Ele era chamado de Kamo.

— Kamo? Como você?

— Como eu.

— E sua bisavó?

— A grega? Ela se chamava Mélissi.

— Nome bonito.

— Mélissi... Ela era cantora. Kamo (o bisavô) a conheceu em Atenas em 1912.

— Você a conheceu?

— Não, mas conheci a filha dela, minha avó. Ela me contou muitas coisas sobre Kamo, o outro, o verdadeiro. Ele lutava contra os cossacos e fugia de todas as prisões! Uma espécie de aventureiro como Cartouche, Mandrin ou Robin Hood, se você preferir.

— Por que você recebeu o nome dele?

— Um desejo de minha bisavó Mélissi. Ela queria que o primeiro menino de sua descendência se chamasse Kamo, como o seu Kamo. Eles se amavam muito.

— E o primeiro menino foi você?

— Sim, Mélissi deu à luz uma filha, minha avó. Minha avó teve minha mãe, com o marido, o alemão, e minha mãe me deu à luz. Fui o primeiro menino depois do outro Kamo. Desde 1912!

— Esse nome Kamo significa alguma coisa?

— Significa "flor", em georgiano. E sabe o que significa Mélissi? Significa "abelha", em grego.

Silêncio.

Depois, a voz de Kamo, murmurando e abrindo um sorriso:

— Mélissi e Kamo... Os amores da abelha e da flor.

A bicicleta checoslovaca tinha resistido bravamente ao acidente. Só o nariz de Kamo ficara um pouco achatado. Terminado o trabalho no sótão e na cozinha, agora ele nos acompanhava a toda parte. Participava de todos os nossos passeios.

— E o que vamos comer? – dizia Pope. – Quem vai pintar a casa, passar cera no piso, cuidar da horta, lavar a roupa, cerzir nossas meias?

Moune ria, o rosto exposto ao vento.

— Cale-se, seu vilão, e pedale!

O que Kamo fazia com a sua bicicleta... era incrível! Ele não estaria mais à vontade se tivesse andado de bicicleta a vida inteira. Melhor ainda, aquela velha geringonça checoslovaca, pesada e rangente, com farol enorme e para-lamas rutilantes como um carro de antes da guerra, se tornava uma verdadeira fera domada nas mãos de Kamo. Cada vez que ele acelerava, deixava para trás a mim e a minha bicicleta de raça, aprumado como a lâmina de uma navalha. Sim, ele me ultrapassava a toda velocidade, depois, dobrava a primeira curva, parava de repente, dava meia-volta, empinando a bicicleta sobre a roda traseira, e passava por mim quando eu estava tentando alcançá-lo! Não era possível... Devia haver um motor de propulsão escondido em algum lugar sob aquele monte de ferragens!

— Kamo, vamos trocar de bicicleta!

Ele me emprestava de bom grado seu bólido, só que, mal eu subia na bike, ela perdia toda a sua potência. Exatamente como se tivessem acoplado um par de pedais a uma carreta de quinze toneladas!

— Relaxe – dizia Kamo. – Ela só obedece a mim!

— Esse garoto é forte como dois turcos – dizia Pope.

Numa das últimas noites, eu lhe perguntei:

— E o medo, Kamo?

— Que medo?

— Sua fobia da bicicleta, o "medo que anuncia desgraça"?

Ele pensou um pouco e disse:

— É como um sonho que eu esqueci.

Um pouco depois, ele disse:

— Sabe, o grandalhão Lanthier...

— Sim?

— Acho que ele é menos bobo do que parece.

Depois de um bom tempo, ele acrescentou:

— A necessidade realmente nos leva a fazer coisas extraordinárias!

Então eu fiz um leve gracejo:

— Montar numa bicicleta, por exemplo.

Mas Kamo não sorriu.

— Sim, montar numa bicicleta quando alguma coisa dentro de nós grita para que a gente não faça isso...

— Você acredita em pressentimentos, Kamo?

Silêncio. Depois Kamo respondeu:

— Se César tivesse dado ouvido aos oráculos, não se deixaria furar a barriga por seus velhos companheiros.

E ainda:

— Se Henrique II tivesse obedecido a Catarina de Médicis, sua mulher, nunca teria sido morto naquele torneio...

— Um golpe de lança no olho.

— Sim. Que saiu pelo ouvido.

— Levou horas para morrer.

— Não deve ter sido nada divertido.

— Nem um pouco...

(Pensando bem, aquelas conversas noturnas eram bem legais...)

— De todo modo – disse Kamo –, meus pressentimentos não se realizaram.

Ouviu-se o pio de uma coruja ao longe e o ronco de um motor que subia do vale.

— Quando sua mãe vai te ligar de novo?

— Não antes de um mês.

— Tanto tempo?

— Ela gosta de se sentir livre quando viaja.

Já não havia nenhum tom de censura em sua voz. A mesma admiração de sempre, toda vez que falava de sua mãe.

— Kamo?

— Sim?

— O que você quis dizer, outro dia, ao falar que seu bisavô, o outro Kamo, tentou reformar o mundo, e a coisa não deu muito certo?

— A Revolução – respondeu Kamo. – A Revolução Russa. Ele era um revolucionário. Uma espécie de Robin Hood a serviço da Revolução.

Houve um longo silêncio. Depois, Kamo acrescentou:

— Foi isso que o separou de Mélissi Abelha.

— Por quê? Ela não concordava com as ideias dele?

— Não, não é isso.

A coruja cujo pio ia ficando cada vez mais próximo sempre fazia seu ninho em nossa casa no fim das férias da Páscoa, na véspera de nossa partida.

— É outra coisa – disse Kamo. – Acho que não existe lugar para duas paixões no coração de um revolucionário.

E muito tempo depois, naquela noite, eu o ouvi murmurar:

— Ele devia ter escolhido Mélissi.

O DRAMA

Foi Pope o "causador do drama", como se diz nos jornais. Ou antes, Pope, meu pai, se recriminou durante muito tempo, sentindo-se responsável pelo que ocorreu em seguida. Mas eu acho que ele não teve nada a ver com aquilo. E se eu tivesse que apontar um responsável, diria que era a História. Sim, a História com agá maiúsculo, a que os professores nos ensinam, a que a gente lê nos livros, aquela que vai se acumulando, gota a gota, e nos dá uma memória muito mais antiga que nós; a História que nós também construímos, todos os dias, sem nos dar conta, e que se chama "vida", antes de se tornar História.

Já estávamos de partida. O carro estava cheio de bagagens. Um carro de passeio com um porta-malas onde caberia um boi. Todas as nossas malas e todas as nossas bolsas cabiam nele com folga. Apesar disso, Pope instalara um porta-bagagem no teto do carro. Perguntei por que aquilo, e Pope bateu na testa com o ar de quem se lembra de repente.

— Meu Deus, é verdade, eu tinha esquecido!

Depois ele gritou:

— Kamo, traga as bicicletas, por favor!

— "As" bicicletas? – perguntou Kamo.

— Ah, sim, a sua e a de seu amigo.

Foi assim que Pope deu a bicicleta checoslovaca ao meu amigo Kamo. Com certeza, um verdadeiro sacrifício para Pope, porque era a bicicleta do pai dele, a bike heroica, a que participara da Resistência, uma relíquia da família. Quanto a Kamo, ele nem sabia como agradecer, mas seu olhar falava por ele.

Mais tarde, soube que Moune, minha mãe, não estava de acordo em levar as bicicletas de volta a Paris. "Muito perigoso", ela disse. Mas Pope terminou por convencê-la. "O garoto é prudente, e Kamo é muito esperto..." Mas o argumento decisivo para dobrar Moune foi o do contentamento. "Eles ficarão tão contentes..." O fato é que nada poderia nos alegrar tanto. Levar nossas bicicletas para Paris era prolongar as nossas férias e até mesmo eternizá-las.

— Vamos poder ir à escola com elas?

— Não, é para ficar girando dentro do apartamento.

Kamo fez sucesso na escola com sua bike checoslovaca! Até os caras mais metidos, com seus modelos japoneses, babavam de inveja. Todos os fanáticos pelos modelos mais recentes giravam em torno da bike histórica de olhos arregalados.

— Qual é a marca dessa bicicleta?

— É uma checa, de antes da guerra – respondia o grandalhão Lanthier, que sabia tudo sobre bicicletas.

— E esse buraco no quadro... é o quê?

— Os alemães, uma emboscada – dizia Kamo em tom indiferente.

— Você acha que ainda é possível encontrar peças de reposição?

— Tente tirar uma das peças dessa bicicleta para ver...

Como se a bicicleta, por si só, já não fosse muito pesada, Kamo havia pendurado nela duas enormes bolsas de carteiro, bolsas de couro tão antigas quanto ela, que ele enchia com nosso material escolar. De manhã, quando chegávamos, cada um de nós pegava sua bolsa e jogava com desenvoltura no ombro, o que nos dava um verdadeiro gingado de cowboy entrando no saloon com a sela a tiracolo. Com um rápido movimento de ombro, jogávamos nossa bolsa sobre a carteira, como uma sela sobre o balcão, e o grandalhão Lanthier gritava:

— Um scotch duplo, como sempre?

E depois houve aquela sessão de cinema. Meia-noite, na cinemateca do palácio de Chaillot. Meia-noite era tarde. Mesmo tratando-se de um sábado. Mesmo para pais como os meus. Mas a gente não podia perder aquele filme. Uma das primeiríssimas versões cinematográficas de *O Morro dos Ventos Uivantes*.

— Não vou deixar vocês em Paris à meia-noite – disse Pope, parecendo inflexível. Mas *O Morro dos Ventos Uivantes* era o romance preferido de Kamo. Ele o tinha lido umas dez vezes no original inglês. Ele chegara a fazer uma tradução, considerando que todas as que se tinham feito até então "não valiam um tostão furado". Na verdade, ele estava apaixonado por Cathy, a heroína. Ele se considerava Heathcliff, ou algo assim... Loucamente apaixonado, puxa! Nós tínhamos visto quase todos os filmes que tentaram transpor aquela obra-prima para a tela. E Kamo sempre saía do cinema fulo da vida.

— Você viu que filmeco? O que o cara que fez o filme entendeu do romance? Você pode me dizer?

E a cada vez ele gritava comigo como se eu fosse o diretor do filme em questão.

— E a moça que fez o papel de Cathy? Você percebe? E o sujeito que interpretou Heathcliff? Um verdadeiro mauricinho cheio de gel no cabelo! Não se pode tratar os personagens dessa maneira. Um personagem de romance é como uma pessoa, a gente tem de respeitar, você não acha?

(Para o meu próprio bem, eu concordava...)

Então, toda vez que a cinemateca apresentava uma antiga versão de *O Morro dos Ventos Uivantes*, nós corríamos para lá. Daquela vez, porém, Pope se mostrou firme como uma rocha. Então, Kamo apelou para Moune. Ele foi para a cozinha para lhe dar uma mãozinha, como de costume, e, de noite, no jantar, quando eu estava concentrado em minha sopa, ouvi Moune dizer bem claramente:

— Ora, vamos, Pope...

Levantei os olhos bruscamente para minha mãe, que exibia o sorriso das grandes vitórias. Pope nunca tinha conseguido resistir àquela combinação muito especial do olhar outonal e do sorriso primaveril. Naquela noite, ele também não resistiu. E se limitou a dizer:

— Eu nem ao menos posso levá-los de carro. Prometi ao tiozinho Vinho consertar a televisão dele.

O "tiozinho Vinho", como ele o chamava, era um ex-colega de trabalho de Pope, que morava no outro extremo de Paris e não suportava a aposentadoria, vinho e programas de televisão. Infelizmente, só havia isso em sua vida. Então, como estava aposentado, ficava triste, esvaziava uma garrafa e se postava diante de seu aparelho de televisão. No dia seguinte, ele telefonava a Pope e lhe pedia que fosse consertar a televisão, que ele tinha arrebentado.

— Não tem problema – disse Moune. – Eles vão de bicicleta e terão todo cuidado.

Ora, ora. Àquela hora da noite, quando não havia ninguém, ou quase ninguém, em Paris, não era nada fácil ter cuidado... Nós tínhamos prometido, claro, mas já nas primeiras pedaladas era como se estivéssemos na chega-

da do Tour de France. Dobrado em dois sobre meu puro-sangue, eu gritava para Kamo que um dia eu terminaria por alcançá-lo!

— Nunca! – gritava Kamo – Ninguém nunca vai me alcançar! Sou mais rápido que as balas alemãs!

Se tivéssemos passado por um guarda, ele mal teria nos visto. O que era de lamentar porque, se nos tivessem detido a tempo, o acidente não teria acontecido. O mais estranho, quando penso no assunto atualmente, é que a primeira lembrança que me vem é a de uma imensa gargalhada. Gargalhada minha, ressoando nas ruas de Paris. Eu tinha desistido de alcançar Kamo. Vitorioso, ele se pusera de pé sobre o quadro da bicicleta checoslovaca, abrira os braços e gritava a plenos pulmões:

— Estou chegando, Cathy! Espere-me, não morra, sou eu, Kamo, estou chegando!

E eu pedalando atrás, rindo adoidado...

— Vou salvar você – berrava Kamo. – Pode acreditar! Vou salvar você de uma vez por todas! Vou entrar na tela, Cathy. Vou tirar você do filme, você nunca mais será obrigada a atuar nesses filmecos!

A rua era uma descida vertiginosa. De pé sobre a bicicleta, um pé no selim outro no guidão, Kamo mergulhava na noite rubra com a segurança de um campeão de surf nas vagas do Pacífico.

— Conheço uma ilha no Caribe, levo-a para lá, Cathy! Nada mais de filmecos! Nada das brumas da Escócia! Vivam as lagunas cristalinas e os coqueiros de formas graciosas!

Às vezes, alguém aparecia a uma janela, mas já estávamos longe. Kamo continuava a gritar:

— Vamos beber batidas de coco com aquele bárbaro que tenta me seguir e que é nosso amigo!

O carro era preto. Ele vinha com todos os faróis apagados e em velocidade. E na contramão.

E Kamo não estava exatamente na mão certa.

— Eu te amo, Cathy! Espere por mim, meu amor, que já estou indo!

Ele se chocou contra o carro preto numa curva. Com o impacto, o farol da bicicleta checoslovaca explodiu. O corpo de Kamo foi bater no teto do veículo, que seguiu em frente, passando por cima e destruindo uma bicicleta cuja ferragem guinchava, soltando um monte de faíscas.

— Kamo!

Ele fora projetado no espaço, e por um instante eu o perdi de vista. Depois ele caiu no meio da rua, quicou e rolou para a calçada, chocou-se contra a porta de um edifício cujas luzes se acenderam de repente.

O outro detalhe de que me recordo se confunde com o giroscópio da ambulância e da viatura da polícia. Carregavam Kamo, desmaiado, numa maca, um filete de sangue lhe escorrendo do ouvido.

Ninguém dava a menor atenção a mim. Eu gritava:

— O carro não parou! Ele estava na contramão e não parou!

Enquanto gritava isso, ouvi uma coisa ranger sob meu pé. Eu me abaixei. Era o relógio de pulso de Kamo. Estava quebrado e marcava onze horas.

BRANCO COMO A MORTE

O que impressionou Kamo, quando seu pai morreu, foi a brancura da clínica.

— Nunca vou pintar de branco as paredes de minha casa. Kamo era inflexível em relação à cor branca.

— Aliás, não é uma cor.

Ele dizia:

— O branco, quanto mais limpo, mais sujo. Uma sombra sobre o branco é uma sujeira caída do céu.

E dizia mais:

— O branco é a morte disfarçada.

Era nisso que eu pensava, andando de um lado para outro no corredor do pronto-socorro. Tinham enfiado meu amigo Kamo diretamente na sala de cirurgia. Pope segurava a mão de Moune. Os dois estavam sentados em cadeiras de plástico cor de laranja. Pope estava tão pálido, que seu bigode preto parecia uma peruca colada ao rosto. Moune não chorava, o que era pior. Dava a impressão de que nunca mais em sua vida seria capaz de chorar. Eu andava de um lado para outro, entre o alaranjado e o verde das paredes. E falava para mim mesmo: "Ele não vai morrer. A parede foi pintada de verde. A morte são paredes pintadas de branco".

Apesar disso, algumas horas depois (as paredes continuavam verdes e cor de laranja, mas o amanhecer já tingia os telhados de um rosa arroxeado; quando vi o cirurgião sair da sala de cirurgia, aproximar-se de Pope e de Moune; quando vi aquela blusa branca, aquele gorro branco, aquele bigode e cabelos brancos; quando vi todo aquele branco debruçar-se sobre Pope e Moune, que se levantaram como se fossem molas (o que fez com que o homem de branco também endireitasse o corpo, como se tivesse falhado em sua reverência); quando vi aquele homem tão cansado, os lábios lívidos de exaustão, pronunciar as palavras "coragem", "pouquíssima esperança", "fratura dupla craniana", "grande hematoma céfalo-raquidiano", "menino robusto, mas..."; quando eu vi o braço de Pope se enrijecer em volta do corpo de Moune, que desfalecia, concluí que Kamo estava ferrado, que a bicicleta checoslovaca o matara, que eu acabava de perder meu melhor amigo, meu único amigo. As coisas nunca acontecem sem que a gente se pergunte por quê. Os acontecimentos gritam, exigem uma explicação, um culpado.

— Na Idade Média – dizia Kamo –, quando uma tragédia se abatia sobre uma cidade, pronto: queimava-se uma feiticeira. Sim, os acontecimentos exigem uma vingança. Uma vingança cega.

— A economia alemã está indo abaixo – dizia Kamo –, e o maluco de bigode de suástica resolve matar os judeus.

Não era possível conter Kamo quando ele tratava desse assunto:

— Os homens não desejam "explicações" nesse caso: eles querem que se apontem os "culpados". Mesmo aqui, em nossa classe, quando alguma coisa dá errado, seja lá o que for, não se busca uma explicação. Quem paga o pato é o grandalhão Lanthier!

Eu relembrava essas coisas, esses comentários que Kamo fazia na aula de História e que nos divertiam e nos faziam refletir ao mesmo tempo; eu me lembrava disso ao ouvir Pope, meu pai, aquele pobre grandalhão, repetindo sem parar:

— A culpa é minha! A culpa é minha! Eu devia ter-lhe dado ouvidos, Moune, e deixado as bicicletas onde elas estavam.

Mas Moune, sentada na cadeira da qual raramente se levantava:

— Não, a culpa foi minha. Foi uma loucura deixá-los sair em plena noite em Paris.

Eu, sozinho em meu quarto, o relógio quebrado de Kamo em minha mesinha de cabeceira, bem sabia ser o responsável. Em vez de zombar de Kamo, devia ter levado a sério seus pressentimentos. Eu tornava a vê-lo naquela noite de tempestade, ajoelhado diante da bicicleta checoslovaca, o rosto molhado de chuva – mas com certeza se tratava de lágrimas –, e ainda o ouvia me dizer:

— Não, um "medo que anuncia desgraça".

Enfim, eis o clima que dominava a casa: a busca do responsável, a grande e cega busca do culpado. Só que, aqui, cada um acusava a si mesmo, o que talvez fosse ainda mais terrível porque, contra aquelas acusações, a gente não pode de modo algum se defender nem se deixar consolar.

— Mas, não, a culpa é minha – dizia Pope.

— Cale a boca, você sabe muito bem que é minha – murmurava Moune...

E eu, em minha cama:

— A culpa foi minha. Eu devia ter acreditado naquele pressentimento...

Felizmente a vida se defende contra o desespero. Ela arranja lá seus pequenos truques. Truques tão inesperados que nos deixam aturdidos.

Lá estava eu deitado em minha cama ainda arrumada, olhos arregalados quando, de repente, lembrei-me de outra frase de Kamo. Uma frase daquelas últimas férias.

— Sabe, o grandalhão Lanthier...

— Sim?

— Acho que ele é menos bobo do que parece.

Aquilo foi como um fogo de artifício se expandindo contra aquele fundo negro. Pulei de minha cama e corri para o telefone.

O telefone chamou por um bom tempo. O relógio da entrada contava os segundos para mim. Finalmente, a voz de Lanthier chegou até mim, vinda de muito longe:

— Quem é o imbecil que tem a ousadia de acordar uma família numerosa às quatro horas da manhã?

— Sou eu.

Ele reconheceu a minha voz imediatamente e então amenizou um pouco o tom de sua voz.

— Ah! É você? O que está acontecendo?

— Lanthier...

Para minha grande surpresa, não consegui dizer mais nada. Parecia-me que, se eu contasse o acidente de Kamo, se contasse sobre seu estado, eu iria matá-lo de uma vez por todas. E foi Lanthier quem perguntou:

— Aconteceu alguma coisa com Kamo?

Só então eu contei. Lanthier não me interrompeu nem uma vez. Ele ficou escutando. Quando acabei de contar, ele disse:

— Não se preocupe...

Fiquei esperando que ele continuasse. Eu achava que ele iria dizer bobagens do tipo: "Ora, ele é forte. Nosso Kamo é imortal...", coisas assim. De jeito nenhum. Ele disse outra coisa:

— Kamo não vai morrer.

Depois acrescentou:

— Isso vai depender de nós.

Agarrado ao telefone, fiquei esperando.

— Eu tenho um primo... – disse, por fim, o grandalhão Lanthier. – Ele caiu do sexto andar, passou através de uma vidraça e se estatelou no cimento de uma garagem.

Comecei a me enfurecer. ("Você já notou, dissera Kamo, Lanthier sempre tem um monte de tios, de primos, ou de colegas de primos aos quais aconteceram coisas incríveis!")

— Pois bem, ele foi salvo – disse Lanthier. – Ele foi salvo como Kamo vai ser salvo. Da mesma forma.

— Como assim?

Meu tom de voz era irônico.

— Pensando-se nele sem se emocionar – respondeu Lanthier.

— Como?

E ele, na maior calma do mundo:

— Pensando nele. Basta pensar nele noite e dia para que ele saia dessa. Não o esquecendo em momento algum. Pensando nele sem um segundo de interrupção. Se conseguirmos fazer isso, se nos mantivermos firmes, se não houver nenhum furo em nosso pensamento, Kamo vai sair dessa. O jogo já estará ganho.

Ele dizia aquilo com a tranquilidade de um médico convicto de estar dando a receita certa. E senti imediatamente a confiança caindo sobre mim como um manto de sono.

— Você está arrebentado – disse Lanthier do outro lado da linha. – Você pensou em Kamo até agora, vá dormir. Agora deixe comigo. Eu acordo você quando chegar sua vez de montar guarda.

Desliguei e adormeci.

KAMO, KA-MO, K-MÔ, CÁ-MÔ

Naquele dia, Pope e Moune me deixaram dormir. Liberado do colégio. Foi o telefone que me acordou, ao meio-dia e dez.

— Oi, cara. o grandalhão Lanthier do outro lado da linha.

— Agora é sua vez de pensar em Kamo, estou voltando para casa para dormir um pouco.

— Como é que foram as aulas hoje de manhã?

— Muito bem, fiquei duas horas de castigo na aula de física.

— Por quê?

— Porque eu estava pensando em outra coisa, caramba!

Ele deu uma risadinha.

— Aliás, Kamo ia se torcer de rir com essa história.

— Conte.

— Ah! Não foi nada demais – disse Lanthier. – Aconteceu só que o professor Plantard me chamou ao quadro-negro. Eu não o ouvi chamar, de tanto que pensava em Kamo. Então ele me chamou uma segunda vez, e os outros começaram a rir. Bom, eu fui ao quadro. Plantard me arguiu. Calado eu estava, calado fiquei. "Isso quer dizer que você não sabe a lição, Lanthier?" "Sim, senhor", respondi com um gesto de cabeça. "E que explicação você vai dar desta vez, Lanthier? Esqueceu sua pasta mais uma vez na casa de um de seus inúmeros primos?" Neguei com um gesto de cabeça. "E então?" Foi aí que eu disse: "Não estudei a lição, senhor, porque estava pensando em outra coisa, e agora mesmo continuo pensando, senhor. É por isso que estou calado". Gargalhada geral na classe, dá pra imaginar! Mas Plantard levantou a mão. "E você pode nos dizer em que está pensando, Lanthier?" "Numa pessoa." Uivos atrás de mim. "Em quem você estava pensando, Lanthier? Em uma garota?" E Plantard (você conhece o cara, sempre aos berros): "Muito bem, Lanthier, responda a seus colegas, em quem você estava pensando para deixar de fazer a lição?" Eu (dando uma de doidão): "Ela se chama Cathy, senhor." A turma: "Cathy! Cathy! Que gracinha!". "Você está de brincadeira, Lanthier? Escreva no quadro-negro." E eu: "Ela se chama Catherine Earnshaw, a heroína de *O Morro dos Ventos Uivantes*, um romance, senhor, eu o li esta noite".

Breve silêncio de Lanthier do outro lado da linha. Depois:

— Então, ele me pôs de castigo durante duas horas. Mas o pior é que eu estava falando a verdade. Mergulhei em *O Morro dos Ventos Uivantes* esta noite. Achei que era a melhor maneira de pensar em Kamo.

Outro silêncio.

— Quer saber de uma coisa? Eu me pergunto por que ele ama tanto essa tal de Cathy... Acho que ela é uma chata de galochas... Não tem nada a ver se jogar contra um carro por causa dela.

Ele dizia isso com a maior sinceridade. E acrescentou:

— Bom, são coisas do Kamo. Você o conhece: quando se trata de amor, não tem nada a ver argumentar.

Em seu leito do hospital, Kamo estava absolutamente imóvel. Seu rosto tinha a aparência de cera e de giz. As pálpebras estavam arroxeadas como o céu no alvorecer do dia do acidente. Por um segundo, achei que ele tinha parado de respirar. Debrucei-me sobre ele. Não. Era a imobilidade que dava essa impressão. A imobilidade e as ataduras, talvez. As ataduras tão brancas... Mas ele respirava. Fracamente. Como se estivesse encolhido no fundo de si mesmo, e sua respiração tivesse a maior dificuldade para sair para o mundo exterior, "O Grande Exterior", como dissera Kamo, certa manhã, indicando com um amplo gesto as montanhas de Vercors. E só se viam aquelas ataduras. E aquilo era ainda mais terrível. Se ele estivesse coberto de ferimentos e de tumores, a gente poderia dizer: "Diabo de Kamo, todo ferrado, é uma coisa bem dele! Nada com que se preocupar, ele vai se recuperar, como sempre".

Mas, não, uma vez na vida, o rosto de Kamo estava liso como o de um recém-nascido. Sem o menor arranhão. Nada que se pudesse ver. Só aquelas ataduras que faziam sua cabeça parecer estreita. Meu amigo Kamo estava arrebentado por dentro. "A imobilidade nada tem a ver com Kamo." Eis o que eu não me cansava de repetir à cabeceira de sua cama. "A imobilidade nada tem a ver com Kamo."

De repente, me dei conta da estupidez de nossas brincadeiras de criança. Como se "pensar em Kamo" fosse bastante para vencer aquela palidez de cera, para pôr fim àquela imobilidade, para que as coisas se consertassem lá dentro.

— É um método como qualquer outro – me disse o doutor Grappe. (Era o médico do colégio. Cheguei à casa dele já sem fôlego. Eu lhe tinha exposto a teoria de Lanthier.)

— O senhor acha que pode funcionar?

O doutor Grappe não deu uma resposta direta, mas o que ele disse valia por todas as respostas possíveis.

— A afeição, a amizade verdadeira, sempre inspirou o desejo de curar.

Era preciso pensar em Kamo. Era preciso pensar nele ininterruptamente. Lanthier estava certo. E, para isso, era preciso combater a impressão que sua imobilidade me causara. Sua imobilidade...

Foi então que me lembrei da história do gato. Na época, estávamos sendo alfabetizados. Primeiro ano. Uma coisa nada recente. Estávamos voltando da escola, e o gato se deixara esmagar sob nossas vistas. Não exatamente esmagar. Mais ou menos o mesmo acidente que Kamo sofrera. Ele quis atravessar a rua com dois saltos, e o carro o atingiu em pleno ar. Ele foi projetado contra o peito de Kamo, que vacilou com o choque, mas cujos braços seguraram o gato instintivamente. Kamo ficou lá, de pé, com o animal nos braços, olhando o carro se afastar a toda velocidade. Na boca entreaberta do gato se via uma pontinha da língua, na qual brilhava uma gotinha de sangue. Ele não se mexia mais. Aquela imobilidade que é, justamente, diferente do sono...

— Ele morreu – falei.

— Não – respondeu Kamo.

Com o gato nos braços, Kamo foi andando tranquilamente, subiu os dois andares que o levavam a seu apartamento e, quando sua mãe abriu a porta, ele foi para seu quarto sem dizer uma palavra, meteu-se na cama sem ao menos trocar de roupa (para não incomodar o gato) e ficou deitado durante três dias, no silêncio e na imobilidade, três dias e três noites, até a quarta manhã, em que o gato, finalmente, abriu um olho, depois o outro, bocejou e saltou dos braços de Kamo.

— Está vendo – disse-me Kamo. – Quando eles estão muito doentes, fingem estar mortos, é a maneira deles de se tratar. E se a gente lhes faz companhia, a coisa vai mais depressa.

Em minha casa, Pope e Moune andavam de um lado para outro como feras enjauladas.

— É incrível – dizia Pope. – Precisamos localizá-la de qualquer jeito!

— Amanhã vou passar na embaixada – dizia Moune.

— Por outro lado – dizia Pope –, quanto mais tarde ela souber...

— Eu sei – disse Moune. – Eu sei...

Depois, ela se deixou cair numa cadeira, pôs-se a chorar em silêncio e repetiu pela milésima vez:

— Meu Deus, meu Deus, se ao menos eu tivesse te dado ouvidos...

Eles tinham passado o dia tentando localizar a mãe de Kamo. Foram à agência que tinha organizado a viagem dela. A agência telefonara para Leningrado – que voltara a se chamar São Petersburgo –, onde se supunha que o grupo ainda se encontrava. E, de fato, o grupo estava lá, mas a mãe de Kamo tinha desaparecido.

— Ela deve ter deixado o grupo e continuado a viagem sozinha – eu disse.

— Impossível – respondeu Pope. – Seria preciso ser louca para se meter sozinha na grande confusão que é a Rússia!

— Mas é isso que ela está fazendo agora – retruquei.

Pope parou de repente de andar e se voltou bruscamente para mim.

— Como é que você sabe disso?

— Eu sei.

Eu sabia. Numa de nossas últimas noites em Vercors, Kamo deu uma risadinha, depois disse:

— A esta altura, ela deve estar tratando de se mandar de fininho.

— Se mandar de fininho?

— Você acha que minha mãe foi à Rússia para fotografar o Kremlin com um bando de turista? Ela foi em busca de meu bisavô, o outro Kamo, o verdadeiro, e vai encontrá-lo!

— Ele não morreu?

— Claro que sim. Ele nasceu em 1882 e morreu em 1922, com quarenta anos. Mas o que Mélissi, a grega, a Abelha, nunca quis contar foi a forma como ele morreu... Ela sabia, mas nem minha avó nem minha mãe conseguiram fazer com que ela contasse. É uma espécie de segredo que minha mãe está decidida a descobrir.

Depois, com orgulho:

— Ainda não nasceu ninguém que vá obrigar minha mãe a seguir o rebanho.

Dias depois, na minha mesinha de cabeceira, o relógio quebrado de Kamo marcava onze horas.

Não é nada fácil pensar sem parar em alguém. Mesmo que esse alguém se chame Kamo. Ainda que Kamo seja o seu melhor amigo. O pensamento tem buracos pelos quais ele mesmo foge. Seu olhar mergulha numa foto de montanhas, seu ouvido pesca uma nota de música e você esquece seu dever de matemática ou para de pensar em seu amigo Kamo.

De início, eu deixava que as imagens de Kamo viessem a mim espontaneamente. As últimas, claro, vieram primeiro: imagens de férias, longas conversas noturnas, as receitas de Kamo, o cheirinho do frango ao molho de lagostins, Kamo e nossas bolsas de carteiro, tudo isso ao mesmo tempo, guerras de travesseiros e passeios na montanha...

Depois, foi como uma torneira que seca e fica apenas gotejando. Foi preciso "organizar minha memória", retomar tudo desde o começo: nosso primeiro encontro na creche (onde ambos nos apaixonamos pela mesma cuidadora que se chamava Mado-Magie e que sacudia um chocalho sob nosso nariz para custear seus estudos); depois no maternal, depois nos primeiros anos do fundamental e no quinto ano em que nosso professor, o senhor Margerelle, nos preparou para entrarmos na sexta série imitando todos os professores que então iríamos encontrar; a admiração de Kamo por Margerelle no papel do professor de Matemática sonhador, tão diferente de Margerelle no papel do professor de Francês ranzinza, Crastaing, o professor no sexto ano de quem todo mundo tinha pavor, todo mundo, exceto Kamo; a maneira extravagante como Kamo havia aprendido inglês e conhecido Catherine Earnshaw, heroína de *O Morro dos Ventos Uivantes*...

Mas chegava a hora de ir para a escola, a hora de ir à mesa, a hora de fazer meus deveres, e então vinha a chuva de perguntas toda vez que percebiam que eu estava "desligado": "Em que você está pensando?"; "Quantas vezes vai ser preciso chamar você?"; "Você não pode prestar atenção?"; "Quer dizer então que você está brincando, não é?"... Um verdadeiro suplício "pensar" nessas condições. Quando Lanthier me ligava para rendê-lo, eu desligava o telefone tão exausto como se tivesse passado o dia no fundo de uma mina empurrando troles cheios de um Kamo cada vez mais pesado.

E, o que devia acontecer, claro, aconteceu. Foi numa quarta-feira à tarde, quando eu estava na banheira. Quando estamos na banheira, ninguém pode nos pedir nada. É o lugar ideal para pensar. Então eu tinha me enfiado na espuma da banheira, buscando desesperadamente uma ideia nova que pudesse ajudar Kamo. Pobre Kamo, por mais que eu o tivesse conhecido a vida inteira, me parecia já ter pensado tudo, absolutamente tudo que se podia pensar sobre ele! Então, evoquei seu rosto, seu rosto todo salpicado de gesso no sótão de Pope, seu rosto impenetrável quando ele estava bolando uma peça para nos pregar, o rosto de Kamo apaixonado por Cathy, e todos os rostos responderam ao chamado, pouco a pouco, até o momento em que foi impossível lembrar-me de um único traço de Kamo, impossível dizer que aparência tinha aquele Kamo em quem eu pensava o tempo todo depois de quase uma semana. Era como se a imagem de Kamo se tivesse fundido no calor da banheira, com a espuma. Tanto pior, pelo menos me restava o nome dele. O nome de Kamo, nada mais nada menos que este nome: "Kamo", que me pus a repetir, em minha cabeça, sem parar, porque disso dependia a sua vida: Kamo, Kamo, Kamo, Kamo... Mas o nome era composto de duas sílabas, que logo se separaram uma da outra, como se eu as tivesse gastado de tanto repetir: Ka-Mo, Ka-Mo, e que, separadamente, "Ka", "Mo" não lembrava mais nada, chegando até a perder sua grafia: "K", "Mô", "Cá" "Mô"...

A água da banheira estava fria quando acordei. Meu Deus, aquele frio...

Quando Lanthier finalmente atendeu ao telefone para me dizer um "alô" cheio de sono, eu gritei:

— Lanthier! Eu parei de pensar em Kamo!

Fez-se um silêncio mortal do outro lado da linha.

— Eu adormeci na banheira!

Lanthier desligou sem uma palavra. Corri para o hospital.

DJAVAIR!

Lanthier tinha chegado antes de mim.
De pé, os lábios trêmulos, as pálpebras inchadas, Lanthier olhou para mim por cima da cama de Kamo. Os lábios de Kamo estavam arroxeados pelo frio. A ponta dos dedos também. Toquei a sua mão, mas logo retirei a minha, sobressaltado. O frio de minha banheira! Exatamente a mesma temperatura.

— Acabou – disse Lanthier.

Agora, a imobilidade de Kamo era a de um bloco de gelo à deriva longe de nós, contra a qual não podíamos fazer mais nada.

— Temos de tocar a campainha para chamar a enfermeira – disse Lanthier.

Nem ele nem eu, porém, nos mexemos. Nossos olhos não podiam desgrudar do rosto de Kamo. Na verdade, era difícil reconhecer nosso Kamo naquele rosto. Só se viam as ataduras brancas. Assustadoras como uma coleira de vidro. As mãos do grandalhão Lanthier pendiam dos braços, impotentes, enormes.

— Temos de tocar a campainha – ele repetiu.

Por trás da espessa cortina de lágrimas, seus olhos buscavam o botão da campainha. Era preciso tocar.

Era preciso tocar, para que viessem buscar nosso Kamo. Daquela vez, definitivamente. O olhar de Lanthier finalmente pousou sobre um botão quadrado, onde tinham gravado a silhueta de uma enfermeira com avental branco. Ele olhava para o botão como se, pelo simples fato de apertá-lo, fizesse o hospital explodir. Depois, olhou para mim, e eu fiz que sim com um gesto de cabeça. Então, Lanthier apontou para a campainha.

— Não mexa nisso, imbecil!

Lanthier não teria saltado tão alto se a campainha o tivesse eletrocutado.

— O que você disse?

Eu não tinha dito nada. Lancei um olhar à porta para a qual Lanthier tinha se voltado. Ninguém. Naquele quarto, só nós dois. Nós dois e Kamo. Mas Kamo não tinha se mexido. Era a mesma coleira de gelo, as mesmas mãos, de cada lado do corpo emagrecido, tão finas, agora, como patas de pardal. Então olhamos novamente para a campainha.

— Meu Deus, que frio!

Quem disse aquilo não foi a campainha!

Lanthier foi o primeiro a se dar conta do que se tratava. Ele se deixou cair, com todo seu peso, sobre os dois joelhos, ao pé da cama de Kamo, e, com a boca bem junto ao seu ouvido, perguntou:

— Você está com frio?

Durante alguns segundos, Kamo não se mexeu. Por fim, ouvimos seus lábios arroxeados dizerem claramente:

— Djavair, estou sentindo muito frio, me arrume uma peliça...

Kamo tinha falado! Kamo falou, e foi como se nós mesmos tivéssemos ressuscitado! Corri para os aquecedores: eles estavam quentíssimos. Fechei a janela entreaberta e abri os armários do quarto: não havia nenhum cobertor. Sempre debruçado sobre a boca de Kamo, Lanthier levantou a mão, irritado com o barulho da bagunça que eu estava fazendo. Fiquei paralisado no lugar onde estava e ouvi Kamo dizer claramente:

— Uma peliça, Djavair, senão nunca vou sair deste buraco!

Eu me perguntava quem era Djavair, mas Lanthier fez outra pergunta:

— O que é uma peliça?

— Um casaco de lã de carneiro – eu disse. – Ou um casaco com pele de urso, um casaco de peles, ora!

O olhar de Lanthier se iluminou.

Com um único movimento, tirou seu casaco e o estendeu sobre o peito de Kamo, murmurando:

— Olhe aqui, camaradinha, é a peliça mais quente do mundo...

Mas não era uma roupa quente, era a parte de cima daqueles uniformes de trabalho com que o pai de Lanthier vestia seus oito filhos logo que chegava a primavera. (No inverno, eles usavam calças e casacos folgados, de grosso veludo cotelê.) Não era quente, não. Porém, quando eu quis ir procurar um cobertor de verdade, Lanthier me reteve com um gesto:

— Não se meta!

E, com efeito, durante a meia hora seguinte vimos o corpo de Kamo recuperar as cores. Ele se aquecia a olhos vistos!

— Incrível – murmurou Lanthier. – Temos a impressão de ver a coluna de mercúrio subindo num termômetro!

Os dedos de Kamo tinham recuperado a flexibilidade, e agora seu rosto era bem o rosto de Kamo.

Foi então que seus lábios esboçaram um sorriso quase imperceptível, e ele murmurou, ainda de olhos fechados:

— Agora tudo se tornou possível.

Naquele instante, a enfermeira, que não tínhamos chamado, entrou no quarto.

— Que roupa é essa? – perguntou ela imediatamente. – Vocês acham que aqui não está suficientemente quente?

Era uma antilhana alta com voz autoritária e movimentos rápidos. Ela entreabriu a janela que eu acabara de fechar, reduziu a intensidade dos aquecedores, deu uma olhada na curva das temperaturas. Enquanto isso, para meu espanto, Lanthier pegou seu casaco e o vestiu com toda a naturalidade. A enfermeira se debruçou sobre Kamo e, abrindo um grande sorriso, lhe disse:

— Parece que hoje você está com uma cara melhor, meu querido. Você está certo, continue a batalhar, eu sei que você vai sair dessa!

Em seguida, dirigindo-se a nós:

— É preciso conversar com ele, garotos. É preciso agir como se ele estivesse ouvindo, não é o caso de cobri-lo tanto.

Em seguida, ela saiu tão rapidamente quanto tinha entrado. Eu me levantei para fechar a janela novamente e aumentar a temperatura dos aquecedores.

— Não é o caso de fazer isso – disse Lanthier. – Ela tem razão.

Depois, tornando a tirar o casaco, disse:

— Está muito quente aqui neste quarto. É nele que está o frio. Dentro dele.

Ele levantou os lençóis e os cobertores, colocou o casaco sobre o peito de Kamo e tornou a cobri-lo com toda a naturalidade, para que não se visse o casaco.

Íamos andando em silêncio, Lanthier e eu. Não tínhamos tomado o metrô. Andávamos na cidade como se ela estivesse vazia, como se ela nos pertencesse: havia apenas nós e as árvores. Estávamos tão felizes, que bastaria batermos os dedos para que elas todas florissem. Quem foi que disse que não existem árvores em Paris? É só o que há, quando estamos felizes.

Ainda assim, depois de um bom quarto de hora, terminei por perguntar:

— Quem você acha que é Djavair?

— Estou pouco ligando.

Diante de meu olhar aturdido, Lanthier se pôs a rir, aquele seu riso muito lento, inimitável.

— Sabe – disse ele enfim. – Eu sou um bobão, todo mundo sabe.

Suas mãos estavam enfiadas profundamente na calça, e ele andava de cabeça baixa, como se estivesse fascinado com o espetáculo de seus pés gigantescos:

— Ouça, eu não tento compreender, eu obedeço, só isso.

Mas ele sorria.

— Meu amigo me pede uma peliça? Que seja uma peliça. Meu amigo me chama de Djavair? Why not? Contanto que ele volte à superfície...

A agência de viagens revirara céu e terra em toda a Rússia: não achou nem sinal da mãe de Kamo.

— Ora, meu Deus – esbravejava Pope. – As pessoas não desaparecem desse jeito!

Todos os dias Pope e Moune iam ao hospital. Eles ficavam um tempão à cabeceira de Kamo e voltavam para casa, Pope apoiando Moune. As noites se estendiam no mesmo silêncio. Às vezes um dos dois balançava a cabeça, o que queria dizer: "A culpa foi minha...".

Naquela noite, eu gostaria de tê-los consolado, mas Lanthier me tinha dito:

— De jeito nenhum! Não diga a eles que Kamo falou!

— Por quê?

— Não sei.

Ao me dizer aquilo, ele parecia totalmente desvairado. Um pânico repentino refletia-se em seus olhos.

— Eu não sei... Me parece... que ninguém mais, além de nós dois, deve saber disso... Jure que não vai contar.

Ele se voltara, estava frente a frente comigo.

Vi que suas mãos enormes tinham se fechado dentro dos bolsos.

— Jure!

— Está bem, Lanthier, está bem, não vou dizer nada, juro.

Ainda assim, naquela noite, diante da infelicidade de Pope, diante da infelicidade de Moune, não pude deixar de dizer:

— Ei, vocês dois...

Pope levantou a cabeça bem devagar. Eu só os chamava de "vocês dois" nos grandes momentos de alegria.

— Kamo vai sair dessa – disse eu.

Pope me olhava como se não estivesse me entendendo. Caí na risada e disse:

— Os adolescentes têm antenas que os velhos corocas perderam.

Aquilo não fez nenhum dos dois rir. Então, sentei-me ao lado de Moune e a envolvi com os braços.

— Mamãe, você confia em mim?

Ela fez que sim com a cabeça. Um sim minúsculo.

— Então escute bem isto: Kamo vai sair dessa.

E acrescentei:

— Eu juro.

KAMO E KAMO

Lanthier tinha razão: o estado de Kamo exigia segredo. Kamo nos fez compreender isso a sua maneira. Toda vez que outra pessoa, que não nós dois, entrava em seu quarto, ele parava de falar. Ele não apenas se calava, mas seu rosto voltava imediatamente àquela palidez de cera e levemente arroxeada que tanto nos assustava. De sua parte, Lanthier deixava desvanecerem-se todos os traços do próprio rosto e, ele que estava rindo um segundo antes, parecia de repente se encontrar no fundo do poço. Tão abatido, que certa tarde a enfermeira antilhana chegou a ficar furiosa:

— Se você continuar a fazer essa cara, ponho você para fora! Seu amigo não precisa de velhas choronas, ele precisa de amigos fortes que acreditem em sua cura!

Sim, por trás de suas pálpebras fechadas, Kamo falava. Difícil dizer se ele falava conosco, se ele nos reconhecia, mas ele sabia que alguém estava ali, bem perto dele, alguém em que ele tinha total confiança e a quem ele podia dizer tudo, pedir tudo.

Ele continuava nos chamando de Djavair, mas também nos chamava de outros nomes: Vano, Annette, Koté, Braguine... Ele nos pedia que fizéssemos coisas, nos dava ordens, e nós obedecíamos como se fôssemos Djavair, Vano, Annette, Koté, Braguine... Ele também dava gritos abafados, gritos de raiva:

— Stolypine – dizia ele, rangendo os dentes. – Você vai me pagar.

Ou então:

— Foi Jitomirski que me traiu, sim, foi aquele crápula de Jitomirski! Ele trabalhava para a Okhrana.

Ou, então, com um repentino tom de triunfo:

— Os gardavois não me metem medo! Eles são minúsculos...

E também:

— Minha pele é dura demais para a nagaika!

Mas se entrava alguém no quarto do hospital, Kamo imediatamente voltava a ser aquele Kamo pálido e mudo cujo rosto não inspirava a menor esperança. Mal o intruso saía, um sorriso se desenhava em seus lábios.

A palavra que ele dizia nessas ocasiões era sempre a mesma:

— Yarost!

Silvando através dos lábios cerrados, como se vinda do fundo de seu ser, sempre esta palavra.

— Yarost!

Tudo isso atrás das pálpebras que nunca se abriam.

Nós não entendíamos nada. Aquilo durou bem uma semana. Uma semana de frases sem sentido, Kamo sempre imóvel, mal movendo os lábios, que tinham se tornado muito finos. A princípio, eu me deixava vencer pelo medo.

— Ele enlouqueceu – disse eu.

— E daí? – respondeu Lanthier. – Você preferia que ele estivesse morto e bem morto?

Sempre as respostas tranquilas de Lanthier.

— Não, claro que não...

— Isso mostra pelo menos que alguma coisa recomeçou a funcionar em sua cabeça.

— Claro...

Além do mais, nada indica que se trata de loucura. Talvez ele esteja sonhando, só isso.

— Sim...

— Não se preocupe: nosso Kamo está se recuperando, eu sinto isso. Só não podemos desistir, só isso.

De minha parte, eu procurava me informar:

— Pope, você acha que a palavra yarost é de que língua?

— Como é que você quer que eu saiba? – respondeu Pope, sem nem ao menos levantar os olhos para mim.

Ou então eu perguntava à senhorita Nahoum, nossa professora de inglês:

— A palavra yarost, senhorita, de que língua você acha que ela vem?

— Eu não sei, pergunte à senhorita Rostov.

A senhorita Rostov era professora de russo. Ela ia ao colégio uma vez por semana, às quintas-feiras. Ela era redonda como um bolinho de ovos e falava com um fiozinho de voz:

— Yarost? Quer dizer "furor", em russo. No tempo antigo houve um deus chamado Yarilo. Era um deus muito poderoso, o deus da força criadora.

Ninguém soube me dizer quem era Stolypine, que enfurecia tanto Kamo. Então eu perguntei ao senhor Baynac, nosso professor de História.

— Stolypine? Claro que sei quem foi: Ministro do Interior da Rússia, antes da Revolução, chefe da polícia, se você preferir, e primeiro-ministro também. Ele morreu em 1911, assassinado num teatro. Por que me pergunta isso?

Ele sabia tudo. Ele respondia tranquilamente a todas as perguntas.

— E a Okhrana, senhor?

— Polícia secreta do czar. Você se interessa pela Revolução Russa?

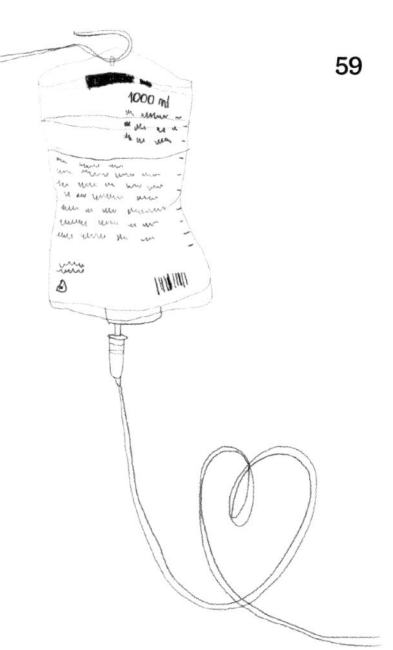

Por pouco não contei a ele, mas me lembrei a tempo que o caso de Kamo exigia segredo. Inventei uma coisa qualquer:

— É para um amigo, senhor, um amigo que está lendo um livro russo daquela época. Há um monte de palavras que ele desconhece.

Ele me explicou então que nagaika era o terrível chicote dos cossacos e que os gardavois, na Rússia czarista, equivaliam aos nossos guardas. Assim, graças ao senhor Baynac e à senhorita Rostov, todas aquelas palavras fora de circulação que Kamo pronunciava no quarto do hospital adquiriam um sentido: nosso Kamo nos falava de seu bisavô, o revolucionário! Mas nunca perguntei aos adultos quem eram Djavair, Vano, Annette, Koté, Braguine... Parecia-me que estes faziam parte do segredo de Kamo e que lhes dizer os nomes, apenas dizer, seria trair.

Na penumbra de seu quarto de hospital, Kamo murmurava:

— Cebolas, é disso que eu preciso. Djavair, por favor, mande-me cebolas, é para combater o escorbuto.

Algumas horas depois, Lanthier enfiou duas cebolas sob os lençóis de Kamo. Ele as colocou no côncavo das mãos de Kamo e foi fechando os dedos dele um a um, observando-lhe o rosto. No rosto de Kamo perpassou um sorriso rápido como a sombra de uma asa.

— Açúcar também, Djavair, preciso de açúcar para recuperar as forças.

Lanthier trouxe açúcar.

No dia seguinte, o açúcar e as cebolas tinham desaparecido.

Os lábios de Kamo se mexeram muito rápido.

— Os cossacos de Malama me prenderam uma primeira vez em Tbilisi, ferido, cinco balas no corpo, mas ainda de pé. Eles ameaçaram cortar-me o nariz, me fizeram cavar minha própria cova, me passaram a corda ao pescoço, e a corda rebentou. Eu me fazia de pato, inocente, de imbecil, cavava minha cova cantando, brincava com a corda, ria, eles me transferiram para a fortaleza de Meteckh. Eles me faziam sempre a mesma pergunta: "Você conhece Kamo?" (sim, eles não tinham certeza nenhuma de que eu era Kamo), e eu dava sempre a mesma resposta: "Claro que conheço Kamo". E eu os levava para a beira de uma vala e lhes mostrava as flores; em nossa terra, a Geórgia, "Kamo" quer dizer flor.

Os lábios de Kamo pareciam correr.

— A fortaleza de Meteckh não conseguiu me manter encarcerado, nem a prisão de Batoum, nem o terrível hospital Mikhailovski, onde eles tinham me prendido entre os loucos, nem as prisões turcas – eu fugi de todos os lugares, e digo uma coisa: a Sibéria também não vai conseguir me segurar lá.

Fez-se então um grande silêncio depois:

— Yarost!

E, bem baixinho, num sopro, atrás de suas pálpebras fechadas como punhos:

— As cebolas e o açúcar me recuperaram as forças, Djavair. Estou pronto. Traga-me uma lima rija. Esconda-a dentro de um pão. É pra esta noite.

Lanthier não questionava nada. Ele obedecia a tudo. Mas eu tinha medo. O Kamo de pálpebras fechadas que sussurrava furiosamente naquele leito de hospital não era o meu Kamo. Era o outro, o revolucionário, o bisavô, o que certa vez tentara reformar o mundo, o Kamo que tinha deixado Mélissi e escolhido a Revolução. Não era aquele que eu queria ver ressuscitar. Eu queria o meu, o que era capaz de gritar o nome de Catherine Earnshaw pedalando como um louco no meio da noite. Meu amigo.

Mas Lanthier obedecia. E, puxa vida!, eu também obedecia. Naquela noite, pedi a Moune que me ensinasse a fazer massa de pão.

— Você quer virar padeiro?

— Não, é para o aniversário de Lanthier, Moune, ele quer que eu lhe ensine a fazer pão. Moune já não tinha forças para discutir. Ela me ensinou. Quando ela e Pope adormeceram, fiz Lanthier entrar em nosso apartamento. Ele tinha roubado duas limas da oficina de seu pai.

— Uma lima pode se quebrar. Para uma fuga, é preciso prever tudo.

Eu fiz dois pães. (Enfiei as limas na massa fresca e coloquei no forno.) O primeiro pão estourou enquanto assava. Não havia massa bastante em volta da lima. Era preciso refazer. O tempo corria, Lanthier ia ficando nervoso.

— Ele disse esta noite.

— Eu faço o que posso, não sou padeiro.

Afora essas poucas palavras, não dizíamos nada. Nós nos deixávamos invadir pelo cheiro do pão assado. Eu me dizia que estava louco. Que Lanthier me arrastava com ele para dentro da loucura de Kamo. Mas eu me dizia também que Kamo ficou melhor depois que começou a falar conosco. Ele recuperava as forças. Ele melhorava.

Naquela noite, não fui com Lanthier ao hospital. Ele tinha enfiado um lápis sob a persiana automática da janela de Kamo. O quarto ficava no térreo. Ele abriria a persiana e entraria sem problema. Ele ia colocar os dois pães nas mãos de Kamo. Não precisava de mim para fazer isso.

— Você tem medo demais, você faria com que nos pegassem no flagra.

Eu tinha medo sim, mas não sabia de quê.

Que significava aquela história de fuga?

Será que no dia seguinte Kamo não estaria mais em seu leito de hospital? E qual dos dois Kamos fugiria, o meu ou o outro?

Naquela noite, não foi fácil dormir. Quando eu fechava os olhos, via um Kamo enfurecido pulando pela janela do hospital e mergulhando em Paris. Ele não se parecia com o meu.

O LOBO DA SIBÉRIA

Não. Na manhã seguinte ele continuava em sua cama. E tão imóvel como antes. E sempre com aquela atadura tão branca em volta da cabeça. Nada havia mudado.

Entretanto, Lanthier murmurou ao meu ouvido:
— Taí, ele fugiu.

Examinei o rosto fino com mais atenção e, com efeito, sim, vi nele alguma coisa que me lembrava o Kamo de antes. Como se ele tivesse desabrochado.

Era o rosto de Kamo diante das montanhas de Vercors. Kamo livre novamente neste mundão de Deus.

Com todo o cuidado, Lanthier enfiou uma mão sob

os lençóis de nosso amigo e retirou as duas limas de lá. Uma delas estava quebrada.

— Está vendo? Prudência nunca é demais. Os ferros que prendem os pés e as barras de uma cela são muito rijos.

À vista daquela lima quebrada, o medo que eu parara de sentir pouco antes voltou como uma grande onda. Ouvi-me balbuciar:

— E o pão?

— Não sobrou nem uma migalha, ele comeu tudo – respondeu Lanthier.

Eu devia estar mais branco que a atadura de Kamo, porque Lanthier acrescentou:

— Você também devia ir comer um pouco, senão vai terminar desmaiando.

Kamo não disse uma palavra naquele dia. Nem nos dias seguintes.

— Por que ele não fala mais?

Lanthier balançou a cabeça devagar, como se eu não compreendesse coisa nenhuma.

— Você sabe o que é a Sibéria? Um deserto de neve. Com quem você vai falar num deserto de neve? Ele fugiu, agora precisa atravessar a Sibéria.

Àquela altura, tínhamos enlouquecido totalmente. Lá estávamos nós, sentados, cada um de um lado do leito de hospital, convencidos de que a pobre forma que o ocupava lutava sozinha, lá longe, contra o grande deserto da Sibéria.

E de noite os pesadelos não me davam mais sossego. A imagem que vinha com mais frequência era a da lima quebrada. Levantei da cama como uma mola, acordado de repente, e compreendi que não era um sonho, que tínhamos encontrado mesmo a lima quebrada, como se Kamo tivesse realmente fugido. Não dava mais para dormir. Na mesinha de cabeceira ao meu lado, o relógio quebrado continuava marcando onze horas.

Kamo se manteve calado durante dias. E levamos algum tempo para perceber: ele estava perdendo as forças! Seu rosto se encovava. Seu calor se dissipava.

Lanthier tentou novamente o lance do casaco sob os lençóis. De nada adiantou. Agora parecia que nada no mundo poderia aquecê-lo. Lanthier também emagrecia a olhos vistos. Eu me sentia como se nunca mais fosse conseguir fechar os olhos.

Mas, então, um dia, ele falou.

— A Sibéria é um grande estômago de gelo...

Ao meu olhar de estupefação, Lanthier respondeu com um sorriso maroto que queria dizer: "Está vendo? O que é que eu lhe disse... A Sibéria...". Kamo continuou a falar:

— A Sibéria engole cru, digere tudo e nunca devolve nada.

Ele falava tão baixo, que tínhamos que quase colar o ouvido à boca de Kamo. O sopro que saía dela era gelado.

— Mas a mim, Kamo, ninguém come...

Ele deu um risinho gelado.

— Você também não, lobo. Você não vai me comer.

O lobo? Que lobo?

Kamo não disse mais nada naquele dia.

Em casa, Pope e Moune começavam a se preocupar com minha saúde. Até aquela altura, a desgraça de Kamo quase os tinha feito esquecer minha existência. Quando eles acordaram, eu tinha perdido cinco ou seis quilos e tinha dormido tão pouco, que meus olhos brilhavam como brasa em suas órbitas vermelhas. Agitação de batalha, dose dupla de sopa e de entrecostos. Chamaram o doutor Grappe, que me aplicou injeções.

— Doutor, será que algum prisioneiro conseguiu fugir da Sibéria?

Ele recolocou os lençóis sobre as minhas nádegas doloridas e disse:

— Não existe prisão de que um homem não possa fugir.

Mesmo com um lobo faminto na sua cola? (Mas isso eu não disse, guardei para mim.)

Sim, Kamo tornara a falar do lobo. Era um macho velho cinzento, de olho amarelo, imenso, que o seguia de perto havia dois dias. Ele estava tão cansado quanto Kamo, e tão faminto quanto ele. À noite, quando Kamo não encontrava madeira para uma fogueira, os dois ficavam a se observar, sentados de frente um para o outro. O lobo estava tão faminto, que não confiava muito nas próprias forças. Ele esperava que o homem adormecesse.

— O que mais assusta em você, lobo, não são seus dentes, nem seu olhar, nem sua paciência...

Kamo falava com o lobo.

— O mais assustador é a sua magreza.

O lobo era o terror de Kamo, mas também sua companhia.

— Eu também sou magro; você tem razão de desconfiar, lobo, deve-se temer o homem magro.

Às vezes, Kamo acendia uma fogueira. Então, ele e o lobo adormeciam. A chance era de quem acordasse primeiro para atacar o outro, que ainda dormia.

— É que não é só você que está com fome – gritava Kamo enfurecido. – E eu também tenho dentes.

Não obstante, foram os dentes do lobo que o acordaram certa manhã. Eles estavam grudados em seus tornozelos. O lobo dava puxões bruscos. Kamo tinha tido o cuidado de dormir com os dedos apertados em volta da maior acha da fogueira. O tição descreveu um arco de círculo e bateu no focinho da fera. Estalar de madeira e de osso. O lobo saltou para trás em meio ao cheiro de carne e de pelos torrados, mas sem um grito.

— Você falhou, lobo. Você pode me comer os pés, mas nem você nem a Sibéria vão conseguir me impedir de chegar à estrada de ferro de Vladivostok. Agora não faltam mais do que três dias para chegarmos ao trem. Se você quiser me comer, despache-se.

Lanthier não quis saber onde ficava, exatamente, a cidade de Vladivostok.

— Das duas, uma: ou Kamo consegue pegar esse trem e se salvar, ou não consegue, e então está perdido. Nos dois casos, pouco me importa saber onde fica Vladivostok.

Mas eu precisava saber. Eu achava que isso me aproximaria de Kamo. Era como se eu me preparasse para esperá-lo, lá na plataforma da estação. Naquela noite, vi no Atlas que Vladivostok ficava no fim do mundo, a cidade mais afastada do Império, a estação terminal da Transiberiana. Com um traço nítido, a estrada de ferro, imensa, dividia o mapa em dois. Kamo estava a três dias de caminhada de um ponto qualquer daquela linha...

Foi então que a mãe dele anunciou sua volta. O telefone tocou, e era ela. Sim, ela abandonara seu grupo, não, ela não tinha desaparecido, sim, ela se entendera com as autoridades locais...

Pope fazia as perguntas ao acaso e não dizia uma palavra sobre Kamo. Ele fazia grandes gestos desesperados para Moune, mas Moune balançava a cabeça, incapaz de ir ajudá-lo.

— Não, ele não está aqui – disse Pope de repente. – No momento, não...

Seguiu-se um silêncio durante o qual Pope fazia sim com a cabeça, como se a mãe de Kamo estivesse diante dele, sim, sim, o olhar vazio, pensando em outra coisa.

— Sim, Tatiana, pode contar comigo, eu direi a ele.

E desligou.

— Ela vai chegar lá pro fim da semana – disse ele. Ela vem pela ferrovia Transiberiana.

Depois:

— Ela disse que está nevando. Que país... A primavera aqui, e lá está nevando!

E finalmente:

— Não tive coragem de falar de Kamo. Não, não tive coragem...

Kamo estava muito mal. Com efeito, começara a nevar em toda a Rússia oriental. Uma neve tão densa, que Kamo e o lobo não conseguiam mais se ver. Kamo sentia o forte cheiro da fera. E a fera, o cheiro acre do homem, à distância de um salto. Mas a fera já não tinha forças para saltar, tampouco o homem forças para escapar. Os dois iam afundando cada vez mais na neve. Era como se a Sibéria sugasse suas últimas forças por baixo. A cada passo, eles tinham de se arrancar do chão... Coisa tão difícil como puxar uma árvore da terra.

— Eu não tinha previsto a neve – murmurou Kamo.

Seus lábios estavam duros e sem cor.

— Todo esse branco caindo...

De repente me lembrei do que o branco significava para ele!

— Você entendeu, lobo? Quem vai nos comer é a neve. É o céu que nos devora.

Quase não se ouvia mais o que ele dizia. O minúsculo sopro que saía de seus lábios parecia traçar as palavras no espaço com uma tinta transparente. Logo que eram pronunciadas, as palavras se evaporavam no calor sufocante do quarto.

De repente, me debrucei sobre o ouvido de Kamo.

— Kamo, sua mãe está na Transiberiana, em algum ponto da ferrovia, bem perto de você, ela está lá, Kamo!

Mas ele não respondeu. Ele não falava mais.

— Desta vez – disse Lanthier –, acabou.

Fomos andando por Paris. Não tínhamos a menor pressa para chegar em casa. Estávamos sós. Lanthier acrescentou:

— Ele lutou com unhas e dentes.

Em seguida:

— Você notou? Não há brotos nas árvores. Este ano a primavera está atrasada.

Ao que respondi:

— De toda forma, não existem árvores nesta cidade desgraçada.

Em meu quarto, sobre a mesinha de cabeceira, o relógio de Kamo continuava marcando onze horas.

OS PONTEIROS MARCAVAM ONZE HORAS

Não me surpreendi quando, no dia seguinte, vi a cama de Kamo vazia. Eu já imaginara isso durante toda a noite. Eu não tinha dito nada nem a Pope nem a Moune, mas, com os olhos fitos no teto de meu quarto, eu via claramente a cama de Kamo. Vazia.

Nem Lanthier nem eu queríamos ficar mais um segundo naquele hospital.

— Vamos dar o fora daqui.

Fomos andando bem rápido pelos corredores, em direção à saída. Sob nossos pés, o piso, de um azul desbotado, rebrilhava como gelo. Mas o ar estava quente, imóvel, saturado de todos os cheiros do hospital: cozinha malcheirosa e desinfetantes. Eu mal conseguia seguir Lanthier, de tão rápido que ele andava.

Quando ele ia dobrando o corredor, ouvi o barulho de ferragem, uma praga, o ruído surdo de uma queda e uma voz furiosa que berrava:

— Você não olha por onde anda?

Eu corri e me vi diante da enfermeira alta antilhana de Kamo. Ela empurrava uma grande maca com rodinhas, e Lanthier se torcia de dor no chão, as duas mãos coladas em volta da tíbia. A forma estendida sobre a maca se virou para o lado, e ouvimos uma voz familiar que pareceu encher todos os andares do hospital.

— Você quebrou a pata, Lanthier? Quer dividir o quarto comigo?

Kamo. Kamo! Acordado. Rosado feito um bumbum de bebê. E brincando como Kamo. Kamo! Então ele também me viu.

— Olá, você!

A enfermeira estendeu a mão para Lanthier que se levantou fazendo careta. Kamo! A voz de Kamo!

— Estou vindo da radiologia. Parece que a coisa lá dentro se colou rapidamente, mas que os últimos dias foram difíceis.

Ele bateu com o dedo em sua cabeça completamente raspada.

— Uma bela cabeça de presidiário, não? Vão pensar que fugi da cadeia!

Ele ria.

Não se lembrava de nada. Nem ao menos de ter sonhado. Nossa história de prisioneiro, de fuga da Sibéria, o divertiu muito. Ele ainda estava fraco. Falava baixo.

— Eu disse a vocês o que minha avó contava para me fazer dormir quando eu era pequeno: as proezas do outro Kamo, o pai dela, o Robin Hood russo! Ela me contava todas as noites. Um grande sujeito, aquele Kamo! Ele realmente fugia de todas as prisões em que o colocavam. Mas uma coisa me espanta: ele nunca foi deportado para a Sibéria. Sua última prisão foi a cadeia Kharkov, na Ucrânia. Foi a Revolução que o tirou de lá, em 1917.

— Mas e a lima, Kamo, a lima quebrada? – perguntou Lanthier.

Kamo deu um riso de convalescente, feliz e cansado.

— As limas não são feitas para ir ao forno, Lanthier. Ela devia ter algum defeito e arrebentou com o calor!

— E o lobo? E a Sibéria?

Agora era eu que estava perguntando. Kamo refletiu por um bom tempo.

— Devo ter misturado muitas coisas – disse ele finalmente. – Primeiro Dostoiévski, Recordações da Casa dos Mortos, que fala da Sibéria... Terrível! E uma novela de Jack London também, *O Amor à Vida*: é um cara que perdeu o trenó e os cães no Alasca. Ele tenta chegar ao mar a pé, na neve, e é seguido por um velho lobo em condições tão ruins quanto ele. Uma história muito bonita que me marcou muito.

Ele descansava por longos períodos, depois de ter falado muito. Ele recuperava as forças a olhos vistos: um balão que volta a se encher de ar.

— A memória é mesmo uma coisa engraçada – murmurou ele. – É como um copo misturador: você o agita e tudo se mistura.

— E quem é Djavair? – perguntou Lanthier.

— Era a irmã de meu bisavô, ela colaborou em muitas de suas fugas. Com outros companheiros: Vano, Annette, Koté, Braguine...

Passou-se um tempo. Depois, com um sorriso:

— Você virou minha mana, Lanthier.

Lanthier sorriu e torceu o corpo. Ele queria fazer uma pergunta, mas dava para ver que não ousava fazê-la.

— Que é que há? – perguntou Kamo.

Lanthier então se decidiu:

— Francamente, Kamo, e o lobo que o estava seguindo... Como você conseguiu escapar dele? Não vá me dizer que se esqueceu.

O sorriso de Kamo pôs à mostra uma fileira de dentes brilhantes.

— Vá saber – respondeu ele. – No final das contas talvez eu o tenha comido.

Quando, alguns dias depois, a mãe de Kamo entrou no quarto do filho, falou em tom de reprovação:

— Então... Quer dizer então que basta eu virar as costas pra você cair de cabeça no chão?

— E você? – disse Kamo. – Basta que eu me distraia um pouco para você dar no pé?

Aqueles dois eram assim. Eles nunca partilhavam seus sofrimentos. Eles guardavam suas preocupações para si. Cada um por si, eles lutavam contra seus medos. Eles se gostavam de verdade.

— Eu nunca poderia descobrir nada sobre seu bisavô se continuasse naquela excursão programada – ela respondeu.

Os olhos de Kamo brilharam.

— E então?

Apoiando-se nos cotovelos, ele ergueu o corpo. Ele olhava para sua mãe como se estivesse faminto.

— Então? – repetiu ele. – Você descobriu como aquele comedor de cossacos morreu?

Ela fez que sim com um lento gesto de cabeça, acariciando o crânio raspado de seu filho.

— Conte.

Ela contou.

Era em julho de 1922. A Revolução acabara havia cinco anos. E a guerra civil também. Mélissi, a grega, Mélissi, a Abelha, não tinha esquecido seu Kamo. Ele tinha preferido a Revolução: sim, ele lutara contra os cossacos, mas agora estava livre. Ela tentou localizá-lo no imenso país mergulhado no caos. Ela o encontrou. O novo governo tinha nomeado Kamo chefe das alfândegas da Transcaucásia. Ele estava morando em Tbilisi. Ela pegou o trem. Ele recebeu um telegrama: "Sou eu, estou chegando". Na noite de sua chegada, ele pulou numa bicicleta e pedalou feito um louco rumo à estação. Ele gritava o nome dela no meio da noite: "Mélissi!". Apareceu um carro preto. Ele vinha na contramão, com todos os faróis apagados. Ele não estava exatamente na mão certa. O carro vinha em alta velocidade.

A mãe de Kamo fez uma pausa, abriu a bolsa, tirou um objeto e o passou ao filho.

— Olhe aqui, é para você, recebi isso das autoridades. A única coisa, neste mundo, a que ele dava importância... Um presente de Mélissi.

Kamo pegou a lembrança. Era um relógio como se fazia nos velhos tempos, com um estojo com mola e uma correntinha de ouro. Kamo apertou um botão denteado, o mostrador do relógio se abriu. O vidro estava quebrado.

Os ponteiros, parados, marcavam onze horas.

SOBRE O AUTOR

Daniel Pennac nasceu em Casablanca, Marrocos, em 1944. É o filho caçula de uma escadinha de quatro meninos. Por muito tempo a família acompanhou seu pai, militar, nos deslocamentos pelo mundo. Viajaram pela África, Ásia e Europa. Quando se lembra do pai, Daniel Pennac o associa aos livros: "Para mim, o prazer da leitura está ligado à cortina de fumaça em que ele se envolvia para ler. E ele só esperava uma coisa: que nós o rodeássemos, que nos acomodássemos para ler com ele, e era isso que fazíamos".

Pennac passou parte da vida escolar em um internato. Voltava para casa somente no fim de cada trimestre (na França, um ano de escola é dividido em três trimestres, não em dois semestres). Sobre esse período, ele conta: "Eu era um péssimo aluno e achava que nunca iria conseguir terminar o ano". Foi durante esses tempos de internato que Pennac tomou gosto pela leitura. Ao terminar a escola, se tornou professor na área de Letras. Do seu trabalho como professor, que exerceu durante 25 anos, ele guardou, entre outras boas recordações, a dos momentos em que lia para os alunos seus romances preferidos.

Daniel Pennac fez sua estreia na literatura em 1985, com uma história policial que iniciou uma série de grande sucesso. O prazer em partilhar visões de mundo, o amor pelas palavras e o gosto pelas narrativas estão também em *Como um romance*, um ensaio dedicado aos mistérios e aos encantamentos da leitura.

Embora escreva para adultos, Daniel Pennac não perdeu as crianças e os adolescentes de vista. Foi para eles que criou Kamo, um menino cujas aventuras falam das surpresas e dos ensinamentos que estão tanto no processo de amadurecimento de cada um como no que se apreende dentro da sala de aula – nela entrando ao mesmo tempo em que a ultrapassa, como acontece nos aprendizados mais verdadeiros.